Emmy Payne

Katy no tiene bolsa

ilustraciones de H. A. Rey
traducido por Yanitzia Canetti

Houghton Mifflin Company
Boston

SPANISH RNF ISBN 0-395-97910-2 SPANISH PAP ISBN 0-395-97911-0
ENGLISH RNF ISBN 0-395-17104-0 ENGLISH PAP ISBN 0-395-13717-9

Printed in the United States of America
WOZ 10 9 8 7 6 5 4 3 2 1

Grandes lágrimas rodaban por la cara marrón de Katy Canguro. La pobre Katy estaba llorando porque no tenía bolsa como las otras mamás canguros. Fredy era el hijito de Katy Canguro y necesitaba una bolsa donde poder pasear. Todos los canguros adultos dan enormes saltotes y los canguritos, como Fredy, se quedan atrás, a menos que sus madres tengan convenientes bolsas donde cargarlos.

Y la pobre Katy no tenía bolsa.

Katy Canguro lloraba sólo de
pensar en esto, y Fredy lloraba también.

Entonces, de repente, ¡Katy tuvo una
maravillosa idea! Era tan maravillosa que ella dio
un salto de seis pies de altura.

La idea era ésta. Otras mamás animales tenían hijos,
y no tenían ninguna bolsa. Katy iría y le preguntaría a
una de ellas cómo cargaba a sus bebés.

Fredy miró a su alrededor para ver a quién preguntarle, y Katy miró a su alrededor también. Y lo que ambos vieron fue dos burbujas que salían del río, justo al lado de ellos.

—¡Doña Cocodrilo! —dijo Katy, sintiéndose ya afortunada—. Ella no tiene ninguna bolsa. ¡Vamos a preguntarle!

Enormes y turbias burbujas emergieron del agua y

entonces doña Cocodrilo asomó su cabeza, abrió su ENORME boca y sonrió.

—¿Y qué, Katy Canguro? ¿Qué puedo hacer hoy por ti?

—Ay, doña Cocodrilo, estoy muy triste —dijo Katy—. No tengo bolsa. Fredy tiene que caminar adonde quiera que vayamos y termina muy cansado. ¡Ay, querida amiga!

Y comenzó a llorar otra vez.

La cocodrilo comenzó a llorar también y le preguntó:
—¿Pe-pe-pero qué qué pu-pu-puedo hacer?

—Podrías decirme cómo cargar a Fredy —dijo Katy—. ¿Cómo cargas tú a la pequeña Caterina Cocodrilo? Dímelo, dímelo, *por favor*.

—¡Pues la cargo sobre mi espalda, por supuesto! —dijo doña Cocodrilo.

Ella estaba tan sorprendida de que alguien no lo supiera, que se olvidó completamente de llorar.

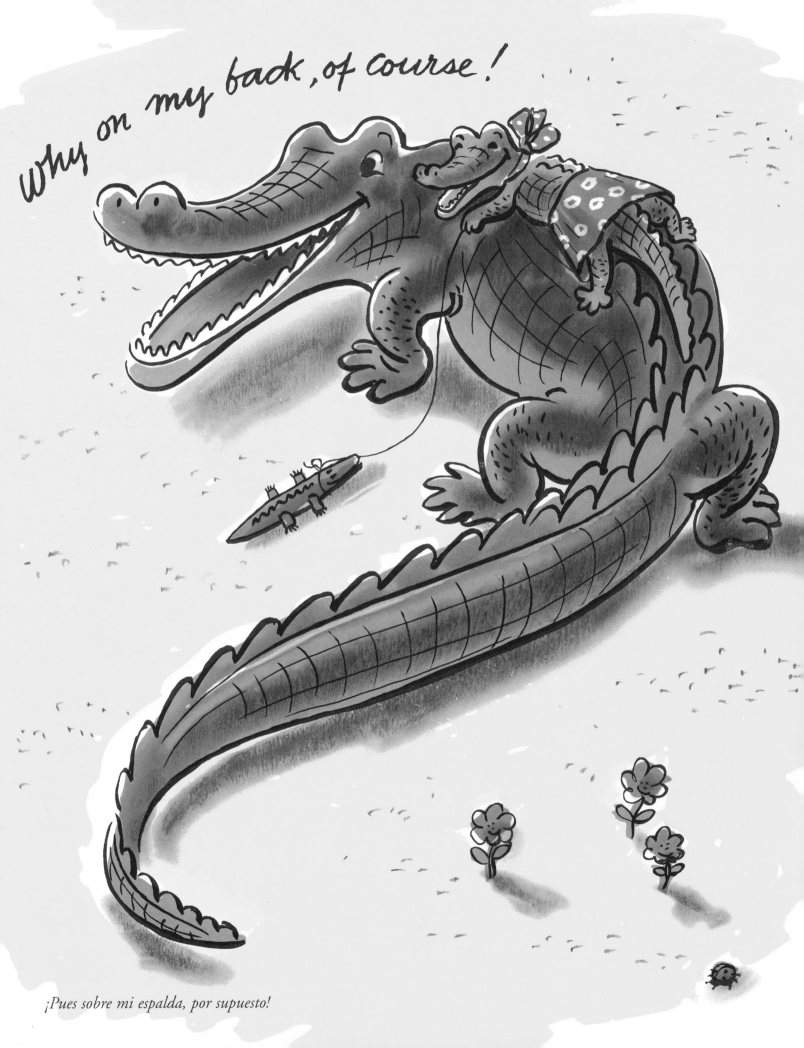

¡Pues sobre mi espalda, por supuesto!

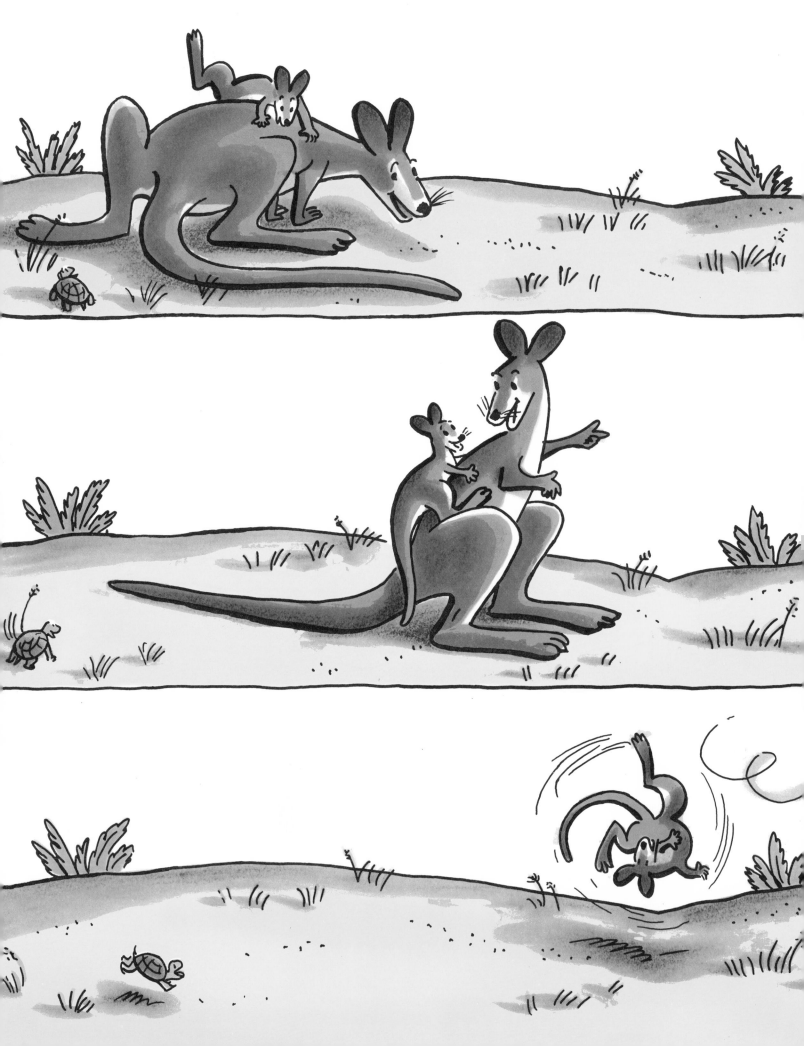

Katy estaba contenta. —Muchas gracias —dijo. Y tan pronto como halló una bajada, se agachó y dijo: —Ahora, Fredy, súbete a mi espalda. Después de esto, todo será bien simple; no habrá ningún problema.

Pero no fue tan simple. En primer lugar, Fredy no podía subirse a la espalda de su mamá porque sus rodillas sobresalían mucho. No podía sujetarse porque sus patas eran demasiado cortas. Y cuando por fin se las arregló para agarrarse por unos minutos y Katy dio un salto largo, se cayó —¡pracatán!— y se dio un tremendo golpetazo.

Así que Katy se dio cuenta de que no podía cargar a su bebé sobre la espalda.

Katy y Fredy se sentaron otra vez y pensaron y pensaron.

—¡Ya sé! Le preguntaré a doña Mona. Estoy segura de que ella puede ayudarme.

Entonces Katy y Fredy se dirigieron al bosque y muy pronto encontraron a doña Mona. Ella llevaba consigo a su pequeño hijo, Joko. Katy Canguro se apresuró tanto para alcanzarlos que casi se queda sin respiración. Pero por fin se las arregló para chillar: —Por favor, doña Mona, dime cómo cargas a Joko.

—¡Pues en mis brazos, por supuesto! —dijo doña Mona—. ¿De qué otra forma podría cargar algo un animal sensato? —y se alejó rápidamente entre los árboles.

—¡Ay, ay, ay! —dijo Katy, y una lágrima grandota rodó por su larga nariz—. Yo no puedo cargar nada en estos brazos cortos, ¡ay, ay, ay! Ella no me sirvió de ninguna ayuda. ¿Qué vamos a hacer?

Y se sentó y lloró más que nunca.

Why in my arms, of course!

¡Pues en mis brazos, por supuesto!

¡Pobre Fredy! A él no le gustaba ver llorar a su mamá. Entonces se puso su pata en la cabeza y pensó y pensó y PENSÓ.

—¿Qué tal la leona? —preguntó cuando Katy había parado de llorar un poco.

—Ellas no cargan a sus hijos. Los pobrecillos caminan tal y como lo haces tú —dijo Katy.

Así lo hacen los leones.

the way
the Birds do it

—¡Allá, mira los pájaros! —dijo Fredy—.
¿Cómo cargan ellos a sus bebés?

—¿Pájaros? —dijo Katy—. Las madres pájaros empujan a
sus pichones fuera del nido y ellos graznan, chillan y aletean.

Así lo hacen los pájaros.

De repente, Katy Canguro paró de llorar y miró a Fredy.
—Dicen que los búhos saben casi todo —dijo lentamente.

—¡Pues entonces, por lo que más quieras, vamos a preguntarle! —dijo Fredy.

Fueron, y encontraron al búho dormido en el tronco viejo
y seco de un árbol.

Él estaba de mal humor porque no le gustaba que lo despertaran a mitad del día. Pero cuando vio que Katy estaba tan triste, salió parpadeando y sacudiendo sus plumas, y dijo con voz ronca:

—Bueno, bueno, ¿qué pasa? Hablen alto y fuerte. Soy sordo como un poste.

Entonces Katy se paró debajo del árbol y le gritó: —Soy una mamá canguro y no tengo bolsa donde cargar a mi hijo. ¿Cómo podría cargarlo? ¿Qué debo hacer?

—Consigue una bolsa —dijo el búho y regresó a dormir.

—¿Dónde? —lloró Katy—. ¡Ay, por favor, no se vaya a dormir sin antes decirme dónde!

—¿Cómo podría saberlo? —dijo el búho—. Creo que venden ese tipo de cosas en la ciudad. Ahora, por favor, váyanse y déjenme dormir.

¡La ciudad! —dijo Katy, y miró a Fredy con los ojos grandes y redondos—. ¡Claro que sí, vamos a la ciudad!

Katy estaba tan entusiasmada que casi deja atrás a Fredy cuando saltaba sobre los arbustos y brincaba a través del camino. Iba cantando una especie de cancioncilla que ella

A la ciudad
Límite de velocidad 25 m

misma inventó:

> ¡Tralalá, tralalí!
> ¡Tralalí, tralalá!
> Ni me imaginaba
> que era en la ciudad,
> ¡pero ahora mismo
> me voy para allá!

Ella saltaba tan rápido que Fredy apenas podía
alcanzarla, pero por fin dejaron atrás el bosque
y llegaron a la ciudad donde había tiendas

y casas y automóviles.

La gente miraba y miraba a Katy, pero ella ni se daba cuenta. Estaba buscando bolsas y vio que casi todos tenían una.

Y entonces, en ese justo momento, ella vio —y apenas podía creerlo— ¡un hombre que parecía ser TODO bolsillos! Él estaba simplemente cubierto de bolsas. Bolsas grandes, bolsas chiquitas, bolsas medianas.

Katy fue hacia él y le puso la patita en el brazo. Él estaba un poco asustado, pero Katy lo miró con sus tiernos ojos marrones y dijo:

—Por favor, amable señor, ¿dónde consiguió todos esos bolsillos?

—¿Estas bolsas? —dijo él—. ¿Quieres saber dónde conseguí estas bolsas? Pues vinieron con el delantal, por supuesto.

—¿Quiere decir que se puede conseguir algo para ponerse encima que ya venga con TODAS esas bolsas? —preguntó Katy.

—Claro que se puede —dijo el hombre—. Yo sostengo mi martillo, mis clavos y mis herramientas en mis bolsillos, pero podría conseguir otro delantal, así que te regalaré el mío.

Él se quitó el delantal

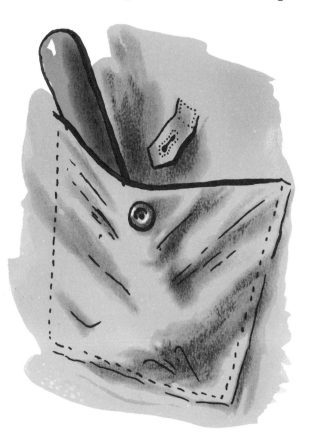

y lo sacudió
HACIA ABAJO.

Cayeron por todas partes una sierra, una llave inglesa, clavos, un martillo, un taladro y un montón de herramientas más. Entonces el hombre sacudió bien el delantal, lo viró nuevamente, lo colgó alrededor del cuello de Katy y lo ató a su espalda.

Katy estaba tan contenta, emocionada y feliz que no podía hablar. Ella permanecía callada, miraba sus bolsas y sonreía y sonreía y sonreía.

Para entonces, una gran muchedumbre se había aglomerado para ver lo que Katy Canguro estaba haciendo. Cuando vieron cuán contenta estaba, todos ellos sonrieron también.

Por fin, Katy pudo decirle "muchas gracias" al simpático y amable señor, y luego… ¿qué crees que hizo ella? Pues metió de sopetón a Fredy dentro de una bolsa muy confortable y, salta que salta, se fue a casa más rápido que nunca porque, por supuesto, ya no tenía que esperar por Fredy.

Y cuando llegó a casa…
¿qué crees que hizo ella?

Bueno, como tenía tantas bolsas, puso a Fredy en la más grande de todas. Luego, en la otra más grande puso al pequeño Leonardo León. Tomás Tortuga cupo de maravillas en otra bolsa.

Algunas veces ella cargaba al pajarito cuando la madre de éste estaba ocupada en busca de gusanos. Y hasta quedaba espacio para un mono, un zorrillo, un conejo, un mapache, una lagartija, una ardilla, un erizo, una tortuguita, una rana y un caracol.

Así que ahora, a todos los animales
les gusta más estar en las bolsas de Katy que
en ninguna otra bolsa de todo el bosque.

Y Katy Canguro
es MUY feliz porque ahora
¡TIENE MÁS BOLSAS QUE NINGUNA
OTRA MAMÁ CANGURO EN
TODO EL MUNDO!

The End